Irrésistible

4

Azusa MASE
馬瀬あずさ

Sommaire

Personnages

Mizukawa-senpai

Élève de première. Il est l'auteur des graffitis sur la table de Serina. Au début, il n'avait pas l'air intéressé par Serina, mais il se montre sincère et sérieux avec elle. Son entourage ne le trouve pas très spontané.

Serina Koshino

Élève de seconde. Intriguée par Mizukawa-senpai, qui a griffonné sur sa table, elle se rapproche de lui, et ils finissent par sortir ensemble. Elle se donne à fond car c'est son premier petit ami.

Résumé

Deux mois après son arrivée au lycée, les paroles d'une chanson d'amour ont été griffonnées sur la table de Serina. C'est Mizukawa-senpai, un élève de première, qui est l'auteur de ce graffiti. Serina remarque sa gentillesse maladroite et tombe amoureuse de lui. Elle lui fait alors une déclaration d'amour et ils sortent ensemble. Premier baiser, premier dodo chez son petit ami, première scène de jalousie... Un couple en pleine évolution ! Serina passe sa première Saint-Valentin avec son amoureux. Elle lui prépare elle-même un chocolat d'amour très spécial ! Senpai va profiter du White Day pour la remercier.

Irresistible volume 3

CÂLIN DANS LA NEIGE

POUR DE FAUX ♡♡♡

LA SAINT-VALENTIN EN AMOUREUX

BAISER AQUATIQUE

Chap.13 Le White day avec senpai

J'AI RÉUSSI À FABRIQUER UN CHOCOLAT DE SAINT-VALENTIN MÊME SI JE NE SUIS PAS DOUÉE POUR ÇA.
SENPAI M'A RÉPÉTÉ PLUSIEURS FOIS QU'IL ÉTAIT DÉLICIEUX.
THANK YOU
LOVE
Happy Valentine's Day
Pour Mizukawa-senpai

On est...
... en terminale...

JILLSTATVE
C'EST EXACTEMENT CE QUE JE VOULAIS !!
COMMENT L'AS-TU DEVINÉ ?!
QUOI ?!

* GARE.

VENTE de TICKETS
JE SAIS ! TU AS POSÉ LA QUESTION À AIKU, C'EST ÇA ?
WAOUH ! MERCI ! JE VAIS LES UTILISER !
YOUPI !
OUAIS...
ÇA ME FAIT VRAIMENT PLAISIR ! MERCI !
うわーっ うわーっ
WAOUH ! WAOUH !
OH ! ÇA ME FAIT SUPER PLAISIR !
ÇA VA ! J'AI COMPRIS. REGARDE PLUTÔT CE QU'IL Y A AU FOND DE LA BOITE.
AU FOND DE LA BOITE ?
TOKYO CINEMA
14/03 15:05
ÉCRAN 1
DEUX PLACES PREMIUM
TU M'AVAIS DIT QUE TU AIMERAIS ALLER AU CINÉMA EN AYANT DES PLACES PREMIUM.
MAIS C'EST JUSTE POUR CETTE FOIS, HEIN ?
ALLONS-Y.

AUJOUR-D'HUI...
... C'EST LE WHITE DAY.
YO CINEMAS IMAX
Oh! My God
AAARGH
ぎゃあああああ
はらはら
BRR BRR
どきどき
BOBOM BOBOM
...
POP CORN

BOBOM BOBOM BOBOM BOBOM
どきどき
BRR はらはらはら
BRR BRR
BOBOM BOBOM BOBOM BOBOM
どきどき どきどき
はらはらはらはら
BRR BRR BRR
ARGH !
TOU-CHE !
しーっ
CHUT !
...
GWAP ガチッ
Tac ひゅっ

OH ! C'ÉTAIT TROP BIEN !
ON A BIEN FAIT D'ALLER VOIR CE FILM !

J'IGNORAIS QUE TU ÉTAIS FAN DE FILMS DE ZOMBIES.
J'AI... J'AIME AUSSI LES HISTOIRES D'AMOUR !!
MAIS JE VOULAIS VOIR CE FILM PARCE QUE TOUT LE MONDE EN PARLE !
SI JAMAIS JE DEVIENS UN ZOMBIE HIDEUX, TUE-MOI.
Un zombie mignon ?!
MAIS SI JE SUIS UN ZOMBIE MIGNON, ÉLÈVE-MOI DANS UNE CAGE.
LA DERNIÈRE SCÈNE ÉTAIT BELLE ! J'AI PLEURÉ !
QUELLE SCÈNE ?
QUOI ?! TU N'AS PAS PLEURÉ ?!
C'EST LE MOMENT OÙ LE MARIÉ SE TRANSFORME EN ZOMBIE !
TADAM ! JE REJOUE LA DERNIÈRE SCÈNE !
SUPER EXCITÉE
しゃきん! CLING
うがー…… GRAOOR
"AU REVOIR, MON JACK !!"

"AAH ! ARRÊTE !"
C'EST À PARTIR D'ICI QU'ON PLEURE.
"NON ! JE N'Y ARRIVERAI PAS ! JE N'ARRIVERAI PAS À TE TUER !"
"JE PRÉFÈRE ENCORE MOURIR QUE TE TUER..."
とんっ
POM
"ÉCOUTE-MOI."
"JE POURRAIS MOURIR POUR TOI."
"JE SUIS NÉ POUR T'AIMER."
"MA VIE T'ÉTAIT DESTINÉE."
Euh... C'est quoi la suite ?

"JE NE PEUX NI VIVRE, NI ME BATTRE DANS UN MONDE OÙ TU NE SERAIS PLUS LÀ..."
...
SANS TOI, LA NOURRITURE SERAIT SANS SAVEUR ET LE CIEL ME PARAITRAIT MOINS BEAU.
DORMIR LA NUIT, ME LEVER LE MATIN, ALLER DE L'AVANT, DEVENIR PLUS FORT...
... TOUT CELA, JE N'Y ARRIVERAIS SÛREMENT PAS SANS TOI.
JE NE POURRAIS PAS VIVRE SANS TOI.
"SI JE ME RÉINCARNE, JE TE CHERCHERAI DE NOUVEAU."
"ALORS, TUE-MOI."

"RAH ! NON ! JE N'ARRIVE PLUS À ME CONTRÔLER !"
GRAB !

"JE T'AIME, JACK."
DOUGHNUTS
SENPAI...

JE NE VEUX PAS ENCORE RENTRER.
CLANG !
Hiii !

CHUT !
C'est la 2e fois aujourd'hui.
TU PRÉFÈRES PASSER PAR L'ENTRÉE PRINCIPALE ?
HMM...
JE NE VEUX PAS PASSER POUR UNE MALPOLIE, IL EST TARD...
15 MINUTES ! JE RESTE JUSTE 15 MINUTES !
ENTRE ET NE PARLE PAS SI FORT !
TU ES RENTRE, GRAND FRÈRE ?

QUOI ?
PAPA DIT QUE TU DOIS LE PRÉVENIR QUE TU ES RENTRÉ.
J'AI COMPRIS. J'ARRIVE.
GRAND FRÈRE ! ON FAIT UN JEU ?
TCHAC
PLUS TARD.
KRS
GRAND FRÈRE !
QUOI ENCORE ?
Non, non !

ALLEZ ! VIENS JOUER AVEC MOI !
PLUS TARD !
QUAND ?
DEMAIN... ON JOUERA DEMAIN.
NON, MAINTE-NANT !!

ATTENDS.
J'ARRIVE...
...
Pff
POF
ぽいっ

... le maquillage qu'il lui a offert.
Elle s'est pomponnée avec...
Elle porte un short en laine en dessous.
BOBOM BOBOM
BOBOM BOBOM
AU FAIT... OÙ AI-JE POSÉ MES BASKETS ?
とんっ
POM
CLANG
ガラ

HARUMA !
IL Y A QUELQU'UN DEHORS ?
C'ÉTAIT QUOI LE BRUIT QU'ON A ENTENDU ?
...

...
NON ! IL N'Y A PERSONNE.
STAP ザッ
CLANG ガチャン

...
SON FRÈRE...
... EST EN SECONDE COMME MOI.
Il a deux petits frères.
ガチャ
TCHAC
QUELQU'UN EST VENU ?
ÇA A ÉTÉ ?
コク コク
HUN HUN
...
ELLE EST PAS MAL CETTE TENUE...

JE VOULAIS QUE TU ME VOIES AVEC LE MAQUILLAGE.
ALORS ?
OUI... ÇA VA.
Ah... Dommage.
JE TE REMERCIE POUR AUJOURD'HUI.
MERCI À TOI POUR LES CHOCOLATS.
J'AI PASSÉ UNE JOURNÉE FORMIDABLE.
DIRE QUE J'AI EU AUTANT DE CADEAUX POUR T'AVOIR OFFERT UN CHOCOLAT.
L'AUTRE JOUR, JE T'AI DIT QUE JE NE VOULAIS RIEN EN RETOUR.
MAIS ÇA ME FAIT VRAIMENT PLAISIR.

ON DIT SOUVENT QUE LORSQU'ON OFFRE QUELQUE CHOSE, IL NE FAUT RIEN ATTENDRE EN RETOUR.
J'AI RÉFLÉCHI ET J'AI FAIT DE MON MIEUX POUR TE FAIRE PLAISIR.
TU AS ACCEPTE MON CHOCOLAT...
... ET TU M'AS MÊME OFFERT UN SUPER CADEAU.
ALORS, JE SUIS TROP CONTENTE !
C'EST IMPORTANT...
ALORS, LA PROCHAINE FOIS, C'EST MOI QUI NOUS CONCOCTERAI UNE SORTIE !
OÙ AIMERAIS-TU ALLER, SENPAI ?
J'IRAI OÙ TU VOU-DRAS !
... SI L'ON VEUT S'ENTENDRE ENCORE LONGTEMPS.

SERINA...
JE PEUX TE PRÉSENTER À MES PARENTS ?

QUOIIIIIIIII ?!
Mrs

EN... EN... ENCHANTÉE !!
VO... VO... VOTRE FILS... EST VRAIMENT TRÈS GENTIL AVEC MOI.
MAIS C'EST EN TOUT BIEN TOUT HONNEUR ! JE VEUX DIRE QU'ON NE FAIT RIEN DE MAL...
C'EST MA PETITE AMIE.
JE...
JE SUIS SA PETITE AMIE D'UN AN DE MOINS ! EUH NON... JE SUIS LA PETITE AMIE DE SERINA KOSHINO... HEIN ?! NON...
J'ES-PÈRE...
... QU'ON S'ENTENDRA BIEN !!

ATTENDS ! TU NOUS PRÉSENTES TA PETITE AMIE AUSSI SOUDAINEMENT ? HEIN ?
Oh là là !
TU ASSURES, MON GRAND !!
OH ! QUELLE CHARMANTE JEUNE FILLE !
ENCHANTÉS ! NOUS SOMMES SES PARENTS !
えへへへへへ
HÉ HÉ HÉ HÉ HÉ
ARRÊTEZ D'ÊTRE COMPLÈTEMENT GAGAS.
JE ME DOUTAIS BIEN QUE TU AVAIS UN RENDEZ-VOUS !
AUJOURD'HUI, C'EST LE WHITE DAY.
IL MANGEAIT UN À UN SES PRÉCIEUX CHOCOLATS DANS LE FRIGO !
OH ! C'ÉTAIT ÇA !
BON ! ELLE VA RENTRER CHEZ ELLE ! IL EST TARD !
Elle part déjà ?

ÇA Y EST.
J'AI ÉTÉ PRÉSENTÉE AUX PARENTS DE SENPAI.
Reviens nous voir !
À bientôt !
POM !

...
...
EH BIEN... PASSE DE BONNES VACANCES DE PRINTEMPS.
...
ばいばーい
BYE-BYE !
...
Reviens nous voir !
ばいばーい
BYE-BYE !
...

LÀ, QUAND MÊME... JE PENSE QU'ILS NE NOUS VOIENT PLUS...
GWIP
ぐいんっ
!

C'EST LE DERNIER TRAIN...
JE DOIS Y ALLER !
ダーッ
STAAAAP
...

DING
Pfff
ふ、ー!?
Je compte sur toi même si on passe en classe supérieure.
À L'AVENIR...
... JE COMPTE SUR TOI ENCORE LONGTEMPS.
...!!

SERINA ! ON EST DANS LA MÊME CLASSE ! C'EST SUPER !
AH...
C'EST LE MOIS D'AVRIL.

...
Quoi ? Tu es le frère de Mizukawa-senpai ?
Tu ne lui ressembles pas !
HIHI
HIHI
...
COMMENT S'EST PASSE LE CHANGEMENT DE CLASSE DE SENPAI ?
LE-5
ASSE

もえるゴミ
RPF

OH ! ON EST DANS LA MÊME CLASSE, MIZUKAWA !
IL Y A AUSSI HIGUCHI ! CHOUETTE !
À PARTIR D'AUJOURD'HUI...
... UNE NOUVELLE ANNÉE SCOLAIRE COMMENCE.
ÇA VA ÊTRE CHOUETTE !

Chap.14 La rentrée avec senpai

BLA
ザワ
BLA
ザワ
BLA
ザワ
...
Je suis un zombie.

Euh...
Timide
Higuchi-kun...
Ah ! Appelle-moi juste Higuchi.
Timide
Tu étais dans quelle classe, l'année dernière ?
Classe 1, et toi, Mizukawa-kun ?
Appelle-moi juste Mizukawa.
Quel est ton plat favori à la cantine ?
Hein ?
Euh...
Euh...
La friture de chinchard.
Oh...

J'AIME AUSSI.
TOUT MAIS PAS ÇA.
AH !
EUH... NON... C'EST BON, JE VEUX DIRE.
OUAIS... C'EST BON.
...
OHE ! ON VA AU CLUB ?
Responsable cadre de vie
Responsable prévention incendie
Responsable de la fête du lycée
Responsable de la fête du sport
Délégué de classe adjoint
Délégué de classe
AH !

EN CHANGEANT DE CLASSE...
... JE ME RETROUVE AVEC MIZUKAWA (PETIT FRÈRE).
RIVEZ VOTRE NOM SUR LA FONCTION DE VOTRE CHOIX
Responsable prévention incendie
Responsable de la fête du lycée
Responsable de la fête du sport
Délégué de classe adjoint
Délégué de classe
MIZUKAWA... MERCI POUR L'AUTRE JOUR...
DE RIEN...
ははは
HAHA HA
ET JE SUIS VRAIMENT DÉSOLÉE, C'ÉTAIT EMBARRAS-SANT !
OUBLIE ÇA, S'IL TE PLAIT !
...
にこっ
SOURIRE
にこっ
SOURIRE

JE PEUX TE DIRE UNE CHOSE...?
C'EST DÉGOÛ-TANT...
... DE SE TROUVER À UNE HEURE AUSSI TARDIVE EN PETITE TENUE DANS LA CHAMBRE DE SON PETIT AMI (SOURIRE).
QUOI ?

J'AI L'IMPRESSION...
... QU'IL N'A PAS ENVIE DE SYMPATHISER.
PSHT !
HUN
AH !
AU FAIT...
HUN

JE PEUX TE DEMANDER UNE CHOSE, HIGUCHI-SENPAI ?
QUE RESSENTIRAIS-TU SI TU TE RETROUVAIS DANS LA MÊME CLASSE QUE LA PETITE AMIE DE TON GRAND FRÈRE ?
JE NE SAIS PAS. POURQUOI TU ME DEMANDES ÇA ?
TU N'AS QU'À DEMANDER CONSEIL À TON MEC.
DÉSOLÉE...
TIENS !
Demain, on a sport en première heure !

HIGUCHI-SENPAI ET MAEZONO-SENPAI SONT DANS LA MÊME CLASSE MAINTENANT.
ALORS, IL EST AUSSI DANS LA MÊME CLASSE QUE MIZUKAWA-SENPAI.
Nouvelle info !
Ils sont tous dans la même classe !
AH OUI...
...

HIGUCHI A LU...
... LA LETTRE QUE JE T'AI ÉCRITE ?
JE... JE... JE... JE SUIS DÉSOLÉE !!
HONTEUX
JE... JE NE COMPTAIS PAS TE LE CACHER...
MAIS VOUS N'AVIEZ PAS L'AIR DE VOUS CONNAÎTRE, ALORS JE N'AI RIEN DIT...
À Koshino
JE NE ME DOUTAIS PAS QU'ELLE ÉTAIT DANS LE SAC D'UN AUTRE...
MAIS HIGUCHI N'EST PAS DU GENRE À ALLER RACONTER CETTE HISTOIRE, ALORS ÇA M'A RASSURÉE...

JE SUIS VRAIMENT... VRAIMENT... VRAIMENT DÉSOLÉE !
POUR MOI, CETTE LETTRE...
... DES PLIS DU PAPIER JUSQU'À L'ENCRE DU STYLO QUI BAVE...
... EST VRAIMENT PRÉCIEUSE !!
JE TE DEMANDE PARDON...

BAH ! C'EST PAS GRAVE.
MÊME SI QUELQU'UN L'A LIT, JE N'AI RIEN ÉCRIT DE HONTEUX.
ぽんっ POM
C'EST RIEN.

PARDON, SENPAI.
KOSHINO ! TU T'ES TROMPÉE !
Désolée !
AUJOURD'HUI...
SUITE À DES DYSFONCTIONNEMENTS ÉLECTRIQUES, LA CIRCULATION EST INTERROMPUE.
shimokitazawa
Shindaita
Quoi ?

AUJOURD'HUI, IL NE M'ARRIVE QUE DES CATASTROPHES...
DRRRR
RRRR
ピ
ピ
Mizukawa
SENPAI ?
SALUT.
JE PEUX TE PARLER ?
OUI ! JE SUIS EN TRAIN DE MARCHER VERS MA GARE.
D'AC-CORD.
TU N'AS PAS L'AIR EN FORME.
AH OUI ? TU TROUVES ?
Campus
DEMAIN, POURRAIS-TU RAMENER L'ATLAS QUE JE T'AI PRÊTÉ ?
BAH... JE N'AI PAS PASSÉ UNE SUPER JOURNÉE...
C'est de ma faute.
IL NE S'EST RIEN PASSÉ DE GRAVE NON PLUS...

MAIS ÇA M'A REDONNÉ LA PÊCHE DE DISCUTER AVEC TOI, SENPAI.
...
J'AI FAIM. JE VAIS ALLER AU CONBINI.
O.K. !
SON APPEL VA DÉJÀ SE TERMINER...
DÈS QUE JE RENTRE, JE METS L'ATLAS DANS MON SAC.
DOMMAGE.
TU PEUX ATTENDRE ? JE METS MON GILET.
FRST ! FRST !
?
TIENS ! IL A OUBLIÉ D'ÉTEINDRE SON TÉLÉPHONE ?
TCHAC
ガチャ…
DÉSOLÉ POUR L'ATTENTE !

ET DONC...
... QUE VA FAIRE LE CLUB DE DANSE LORS DE LA PRÉSENTATION DES ACTIVITÉS DES CLUBS ?
HEIN ?
EUH...
ON VA DANSER !
JE M'EN DOUTAIS.
TU CONNAIS LA CHANSON PLAYBACK DE JOJO ?
ÇA FAIT "TCHA-TCHA LALA LALA..."
WOW WOW WOW...
AGH ! UN PASSANT VIENT DE RIRE EN ME VOYANT !
TU PEUX LA CHANTER ENCORE UNE FOIS ?
WOW WOW WOW...
WOW WOW WOW...
C'EST VRAIMENT HYPER GÊNANT !

* JUS NATTÔ ET LÉGUMES VERTS.

... LE PETIT PLAISIR DURE TOUT LE TEMPS DE LA DISCUSSION !
UNE PIZZA BRIOCHE, S'IL VOUS PLAIT.
MOI AUSSI.
UNE PIZZA BRIOCHE, S'IL VOUS PLAIT.
OÙ TE TROUVES-TU EN CE MOMENT ?
JE SUIS DANS LE PARC QUI EST PRÈS DE CHEZ MOI.
ON Y EST PASSÉ L'AUTRE JOUR.
AH !

SENPAI...
MERCI POUR TON APPEL.
POUR ME RASSURER...
... PEUX-TU ME DIRE ENCORE UNE FOIS QUE ÇA VA ALLER ?
TU ES MON FORTIFIANT ÉNERGISANT...
POUR MOI...

... TU ES LÀ SOURCE D'ÉNERGIE QUI ME REBOOSTE !!
TU ES PLUS JOLIE QUAND TU SOURIS.

ÇA FAIT CRÂNEUR...
ちゅっ ちゅっ ちゅっ
Smack
Smack
Smack
SMACKS FOIS 100 !!
HM ?
POUAH...
TU N'AS QUAND MÊME PAS EMBRASSÉ TON SMARTPHONE ?
Arrête !
MAIS NON !

J'ai embrassé la poupée senpai.
Je t'ai fait le même nombre de bisous que si tu étais vraiment en face de moi.
T'es bête.
Je l'aime déjà tellement rien qu'en l'entendant au téléphone...
Je suis arrivée.
Je peux t'appeler encore quand je me serai lavé les mains et après avoir changé de tenue ?
... Alors c'est normal que je craque complètement quand il est en face de moi.
O.K....

TU SORS DU BAIN ?
Tu en as mis du temps à appeler !
J'AI VRAIMENT RÉALISÉ ÇA.

AH !
L'ATLAS...
Cartes du monde
JE TE L'AI APPORTÉ...

チュッ
Sma
チュッ
Smack
チュッ
Smack
FOIS 100 !
きゃー
JE L'AI VRAIMENT RÉALISÉ.

nsable fête ycée
Responsable de la fête du sport
KOSHINO
MIZUKAWA
Hashimoto
Morita
Hara
Date
responsable du jour
Asseyez-vous par classe.
1re réunion des responsables de la fête du SPORT
dition
...
TU ES LA RESPONSABLE DES 1re-1 ?
PEUX-TU TRIER CES PAPIERS PAR CLASSE ?
D'ACCORD.
ON LE FAIT ENSEMBLE ?
Je t'en donne la moitié.
MERCI.
...

バラバラ
FLAP
FLAP
OUPS !
1re réunion des responsables de la fête du SPORT
DÉSOLÉE...
TU FAIS PEUT-ÊTRE TOUT TOMBER CAR TU ES DISTRAITE, L'AMOUR PRENANT TROP DE PLACE DANS TA TÊTE ?
JE REPRÉSENTE LE CLUB DE FOOT.
Voici le programme de la parade des clubs.
J'AI UNE VIE, ALORS...

... JE NE PENSE PAS QU'À L'AMOUR ! JE PENSE AUSSI À DES CHOSES DÉSAGRÉABLES.
MAIS L'AMOUR PEUT ME DONNER DE LA FORCE À CERTAINS MOMENTS.
IL N'Y A PAS MATIÈRE À SE MOQUER !
C'EST SÛR ! LES FILLES QUI N'ONT PAS DE PETIT AMI N'ONT PAS DE CHANCE ! ELLES N'ONT PAS UN TEL SOUTIEN.

JE N'AI JAMAIS DIT ÇA !!
PFF つーん
TU MARCHES SUR LES FEUILLES QUE TU AS FAIT TOMBER.
ET TU AS FAIT UNE ERREUR EN COMP-TANT.
TU PARLES BEAUCOUP, MAIS TES MAINS SONT IMMOBILES.

TRAVAILLEZ EN SILENCE, LES PREMIÈRES !
C'EST LE DERNIER ÉVÉNEMENT DU LYCÉE AUQUEL ON PARTICIPE. ON COMPTE SUR VOUS POUR ASSURER.
Au revoir, Higuchi-senpai !
...

HIGUCHI-SENPAI !!
HAAH はあっ
HAAH はあっ
HAAH はあっ
J'AI RÉUSSI À TE RATTRAPER !
MERCI BEAUCOUP POUR TOUT À L'HEURE !!
HEIN ?
DE QUOI PARLES-TU ? J'AI JUSTE FAIT UNE REMARQUE AUX ÉLÈVES DE PREMIÈRE.

HA HA HA !
OUI, C'EST VRAI.
C'EST POUR TE REMERCIER.
J'AI ACHETÉ CINQ BOISSONS AU DISTRIBUTEUR POUR COLLECTIONNER LES POINTS.
ALORS...
JE TE LES DONNE CAR JE TROUVERAIS DOMMAGE DE LES JETER !
1 point Numéro de série inclus

Je collectionne les points.
Désolée !!
AU REVOIR, HIGUCHI-SENPAI !
STAP

ÇA...
JE TE LES RENDS.

JE NE LES COLLECTIONNE PLUS.
JE NE GAGNE JAMAIS.
AH OUI ? VRAIMENT ?
DOMMAGE !
JE LES DONNERAI À QUELQU'UN D'AUTRE.
OUAIS.
......
AU REVOIR !

AH...
SALUT.
SALUT.
AAAAH ! SENPAI !
TU RENTRES MAINTE-NANT ?

J'AI QUELQUE CHOSE À TE MONTRER !
FRST FRST
ゴソゴソ
BAAAM !!
ーーン!!
TADAAAAAM
ジャー
ORGANISATEUR FÊTE DU SPORT
ON VA FAIRE DE NOTRE MIEUX POUR METTRE DE L'AMBIANCE POUR VOTRE DERNIÈRE FÊTE DU SPORT !
C'EST LE DÉBUT D'UNE NOUVELLE ANNÉE AUPRÈS DE SENPAI !
ORGANISATEUR FÊTE DU SPORT

Chap.15 L'anniversaire de senpai

POUR TON ANNIVERSAIRE...
... VEUX-TU UNE CHOSE EN PARTICULIER ?
DU FRIC.
Haha ha !
SI JE N'AI PAS D'IDÉE, JE TE DONNERAI DE L'ARGENT.
Y A-T-IL UN ENDROIT OÙ TU AIMERAIS ALLER ? UNE CHOSE QUE TU VOUDRAIS FAIRE ?

JE FERAI TOUT CE QUE TU VEUX !
J'IRAI LÀ OÙ TU AS ENVIE D'ALLER.
JE VOUDRAIS QUELQUE CHOSE QUI ME MOTIVERAIT POUR LES CONCOURS D'ENTRÉE À LA FAC.
ET J'IMAGINE QUE TU LE SAIS, MAIS...
OUI ! JE SAIS ! ÇA DOIT ÊTRE DANS LA LIMITE DES POSSIBILITÉS DE MON PORTE-MONNAIE !
TU N'AIMES PAS NON PLUS TE FAIRE REMARQUER !
TU AURAS JUSTE À RECEVOIR MON CADEAU !
...

AU PRINTEMPS...
... IL Y A L'ANNIVERSAIRE...
Succès
Hmm !
... DE MIZUKAWA-SENPAI !
C'est cher.
Bâtiment de l'école
...
POUR TOI...
... SENPAI...

… J'ESPÈRE QUE CE SERA UN JOUR MERVEILLEUX !
…
Hihi きゃっ
Hihi きゃっ
OH ! MIZUKAWA !
QU'EST-CE QUE TU FAIS ?
C'est Mizukawa !
VENEZ PAR ICI ! J'AI UNE QUESTION À VOUS POSER !
HEIN ? C'EST QUOI ?
ON VEUT SAVOIR !
MOI…
HM ? OUI ?

JE NE SUIS PAS BARBANT À FORCE D'ÊTRE TROP GENTIL ?
OH ! ÇA N'A PAS D'IMPORTANCE.
EUH...
POURQUOI PENSES-TU ÇA ?
C'EST PAR RAPPORT À SERINA ?
NON, JE ME DIS ÇA DE FAÇON GÉNÉRALE.

MAIS JE DOIS PARTICULIÈREMENT L'ÊTRE DEVANT KOSHINO, NON ?
C'EST VRAI QUE TU TE LA JOUES MEC PLUS VIEUX ET QUE TU FAIS TOUT POUR TE CONTRÔLER.
JE SAIS !
TU FERAIS MIEUX DE SORTIR DE TA COQUILLE ET LUI MONTRER UN ASPECT DE TA PERSONNALITÉ QUE TU NE LUI AS JAMAIS DÉVOILÉ !
Tac びょん
TU DEVRAIS EN PARLER DIRECTEMENT AVEC SERINA.
NON.
IMAGINATION
"JE VEUX ÊTRE UNE FEMME CAPABLE D'ACCEPTER TOUTES TES FACETTES, SENPAI !"
"JE VAIS FAIRE RESSORTIR UN NOUVEL ASPECT DE TOI !"
OU
CE N'EST PAS À ELLE DE FAIRE DES EFFORTS.
Dans l'imaginaire de Senpai, Serina a les cheveux lâchés, c'est la coiffure qu'il préfère.

C'EST MON PROBLÈME.
JE VAIS LE RÉSOUDRE MOI-MÊME.
SENPAI !
TU VOULAIS ME PARLER ?
OUI...

...
Merci pour la boisson.
ASSIEDS-TOI.
OUI.
J'AVAIS CINQ ANS À CETTE ÉPOQUE..
OUI, OUI.
J'ÉTAIS TRÈS CASSE-COU.
AH OUI ? C'EST ÉTONNANT.
J'AI ESSAYÉ DE FAIRE UN SALTO EN SAUTANT DE LA BALANÇOIRE.
MAIS J'AI RATÉ ET J'AI EU DEUX POINTS DE SUTURE ICI.
OH ! C'EST VRAI.
L'ÉTÉ DE MES SIX ANS...
... DES ADULTES M'ONT FÉLICITÉ CAR J'AVAIS CONSOLÉ INOUE...
... QUI S'ÉTAIT FAIT POURSUIVRE ET MORDRE PAR UN CHIEN.
OUI, OUI.

かあ CRÔA
かあ CRÔA
かあ CRÔA
ÇA...
... C'ÉTAIT AU DÉBUT DE L'ÉTÉ DE MES 15 ANS.
LE MÊME ÉTÉ...
... EN RENTRANT DE LA PISCINE DU ZOO TOSHIMAEN, JE SUIS ALLÉ POUR LA PREMIÈRE FOIS DANS UNE FRIPERIE.
C'EST LA SEULE FOIS D'AILLEURS. ET J'AI ACHETÉ UNE CHEMISE ROUGE !
AH OUI ?
OH ! DÉSOLÉE, MA MÈRE VIENT DE M'ENVOYER UN MESSAGE CAR LE DÎNER EST PRÊT.

MERCI POUR AUJOURD'HUI. ÇA M'A FAIT PLAISIR D'ENTENDRE TOUTES CES HISTOIRES SUR TOI !!
TU ME RACONTERAS LA SUITE DEMAIN !
OUAIS...
BYE-BYE !
...
...
NON, IL NE S'AGIT PAS DE CE GENRE DE CHOSES.
TIP
0:00
HMM...
DING
Koshino
Joyeux anniversaire !
Quand tu auras le permis, on ira faire des balades.

HAPPY BIRTHDAY
C'EST LE FESTIVAL POUR L'ANNIVERSAIRE DE MIZUKAWA !
JOYEUX ANNIVERSAIRE
JOYEUX ANNIVER-SAIRE !!
JOYEUX ANNI...
EUH... TU PEUX RÉAGIR, S'IL TE PLAÎT ?

C'EST CHOUETTE CE QUE TAS.
HEIN ?
ET SI C'ÉTAIT MOI QUI LE PORTAIS ?
QUOI ?!
OH ! TU AS BESOIN DE ÇA POUR SORTIR DE TA FAMEUSE COQUILLE DONT ON A PARLÉ HIER ?!
OUAIS, C'EST PEUT-ÊTRE POSSIBLE.
JE VAIS MARCHER DANS LE LYCÉE EN PORTANT ÇA.
DANS CE CAS, JE TE PRÊTE AUSSI AUTRE CHOSE.
BOM
ドサッ
AUTRE CHOSE ?
IL Y A ÇA...
J'AI BIEN FAIT D'APPORTER PLEIN DE TRUCS, AUJOURD'HUI.
OH...
OOH...
IL Y A ÇA AUSSI !
OH ! ET ENCORE ÇA !

STAP
STAP
STAP
C'est ton anniversaire, Mizukawa ?
Joyeux anniversaire !
Joyeux anniversaire !!
HMM...
Bon anniversaire, Mizukawa !

Bon anniversaire !
On te souhaite une belle année !
Joyeux anniversaire !
HAPPY BIRTHDAY!
JE CROIS QUE CE N'EST PAS ÇA NON PLUS.
HMMMM...!!!
OOO
WAOUH !
ENTRÉE INTERDITE À PARTIR D'ICI

TU FAIS LE FOU, DIS DONC !
C'EST TON JOUR, APRÈS TOUT.
JOYEUX ANNIVER-SAIRE !
MERCI...
ÇA NE TE VA PAS... CE GENRE DE CHOSES.
J'AURAI PEUT-ÊTRE DES TENUES ENCORE PLUS BIZARRES APRÈS...
HEIN ?
POURQUOI ?

BAH...
ON CHANGE EN VIEILLISSANT, NON ?
...
EUH... ÇA NE ME DÉRANGE PAS...
... ET MÊME SI TU CHANGES TOUS LES JOURS, SENPAI...
... IL EST PROBABLE...
... QUE POUR MOI...

... LE SENPAI QUE J'AIME LE PLUS SOIT CELUI D'AUJOURD'HUI !
EUH... C'EST UN PEU TÔT...
... MAIS JE PEUX TE DONNER MON CADEAU ?

TADAM !
JBL
Il fonctionne en Bluetooth.
JE ME SUIS DIT QUE ÇA POURRAIT T'AIDER À TE CONCENTRER ET À ÉTUDIER.
IL Y A AUSSI UN BRACELET BRÉSILIEN POUR FAIRE UN VŒU !! CAR TU PASSES UN CONCOURS QUAND MÊME !
ET AUSSI UN TAS DE FRIAN-DISES.
C'EST UN KIT DE SOUTIEN POUR UN SENPAI QUI FAIT DES EFFORTS !!
MERCI...
AH... SI TU N'AIMES PAS LE DESIGN, TU N'ES PAS OBLIGÉ DE L'UTILISER !

J'Y PENSE...
...IL Y A UN ASPECT DE MOI QU'ELLE NE CONNAIT PAS ENCORE.
J'ai aussi commandé un gâteau.
SERINA... VIENS PAR ICI.
OUI ?

GWAP
ぎゅっ
ÇA FAISAIT LONGTEMPS QUE JE NE M'ÉTAIS PAS POSÉ AUTANT DE QUESTIONS, JE SUIS FATIGUÉ.
HEIN ?!

TU PEUX ME CÂLINER ?

EUH... OUI !
BIEN SÛR !!!
ENTRÉE
INTERDITE
À PARTIR
D'ICI
SERINA...
OUI ?

AUJOURD'HUI, JE NE BOUGERAI PAS.
OUI...
HAPPY BIRTHDAY!
ALORS, C'EST À TOI DE ME FAIRE CE QUE JE TE FAIS HABITUELLEMENT.
OUI...
... MAIS...
QUOI ?!
CE QUE TU ME FAIS ?!
TU L'AS DIT LA DERNIÈRE FOIS.
À TOI DE DÉCOUVRIR DES CHOSES ET D'EXPLORER.

QUOI------?
VICIEUX...
DÉSOLÉ...
SSS
すっ
...
ゴソ ゴソ
FOUILLE FOUILLE

PARDON...
C'ÉTAIT UNE BLAGUE.
NE TE FORCE PAS.
CONCENTRÉE
必死。
FOUILLE
ごそごそっ
FOUILLE
ごそごそっ
Tiens ! C'est où ?
...
Smack
ちゅっ
Smack
ちゅっ
SERINA...

すっ
C'EST SUFFI-SANT...
NE BOUGE PAS. ♡
GWAP
ばっ
SENPAI...

JE TE SOUHAITE...
HÉ...
AT-TENDS...
STOP !
ストップ
ストップ！
STOP !
... UN JOYEUX ANNIVERSAIRE !
C'EST MODESTE, MAIS...
HAPPY BIRTHDAY

TU PEUX MANGER LA CRÈME CHANTILLY ?
C'EST DE LA CRÈME AU BEURRE.
C'EST QUOI LA DIFFÉRENCE ?
FWAP ふわっ
OH ! REGARDE !
IL RESTAIT ENCORE DES FLEURS DE CERISIERS.
C'EST BEAU !
SI J'ÉTAIS PLUS SPORTIVE...
Je pourrais les attraper...
YAH !

MÊME POUR MOI, MON ANNIVERSAIRE RESTE UN JOUR PARTICULIER.
ÇA ME SEMBLAIT NATUREL DE LE PASSER AVEC TOI.

SERINA...

JE SUIS HEUREUX DE T'AVOIR RENCONTRÉE...
... CAR JE DÉCOUVRE DES ASPECTS DE MOI QUE JE NE CONNAISSAIS PAS.

CATCH
がしっ
JE PROFITE DE CETTE JOURNÉE POUR TE LE REDIRE.
POUR MOI AUSSI...
... TA PRÉSENCE À MES CÔTÉS...
... EST ESSENTIELLE.
TU ES PRÉCIEUSE À MES YEUX.

JE VEUX QUE L'ON RESTE ENSEMBLE LONGTEMPS... TRÈS LONGTEMPS...
... ALORS JE VAIS FAIRE TOUT CE QU'IL FAUT POUR QUE TU RESSENTES LA MÊME CHOSE QUE MOI.
SI TOI AUSSI...

... TU ÉPROUVES LES MÊMES SENTIMENTS...
EUH... OUI !
MOI AUSSI, JE RESTERAI...

... TOUJOURS À TES CÔTÉS, SENPAI !
C'EST PLUTÔT MOI...
... QUI SUIS HEUREUSE D'AVOIR PU PASSER...
... TON ANNIVERSAIRE AUPRÈS DE TOI, SENPAI.

ET J'ESPÈRE QUE CETTE JOURNÉE...
... SERA...
... LA PREMIÈRE DES DIZAINES D'ANNIVERSAIRES...
... QUE NOUS PASSERONS ENSEMBLE.
JE VEUX Y CROIRE.

Chap.16 La sortie en amoureux à Shônan avec senpai

Irrésistible

LA JOURNÉE DE COURS S'EST TERMINÉE PLUS TÔT CAR ON A PASSÉ DES EXAMENS.
ON Y VA, LES RESPONSABLES DE LA FÊTE DU SPORT ?
Classe
e 1re-1
AUJOURD'HUI, MIZUKAWA-SENPAI ET LE CLUB DE FOOT VONT PASSER NOUS VOIR.
HEIN ? ♡
HEIN ?
MINCE ! J'AVAIS OUBLIÉ...
J'AI UN TRUC... UN TRUC URGENT À FAIRE.
JE NE PEUX PAS VENIR À LA RÉUNION AUJOURD'HUI.
AH...
Tire le rouge !
赤ひけー
ROUGE ROUGE ROUGE ROUGE
赤、赤、赤、赤、赤、赤、赤、赤
赤、赤、赤、赤、赤、赤、赤、赤
ROUGE ROUGE ROUGE ROUGE
ROUGE ROUGE ROUGE ROUGE
ROUGE ROUGE ROUGE ROUGE

Il s'est enfui.
Je compte sur toi !
ÉQUIPE ROUGE 3-2
ÉQUIPE BLEUE
ÉQUIPE BLANCHE
ÉQUIPE VERTE 3-3
POUR LA FÊTE DU SPORT, IL Y AURA QUATRE ÉQUIPES COMPOSÉES DE PLUSIEURS CLASSES.
AUJOURD'HUI, ON FAIT LA RÉPARTITION DES ÉQUIPES.
LA CLASSE DE TERMINALE-5 A TIRÉ LE ROUGE.
BROUHAHA
ザワ
ザワ
ザワ
ザワ
ÉQUIPE ROUGE.
ワイ BLA
BLA
ワイ
BLA
ワイ

SERINA !! LE ROUGE ! LE ROUGE !!
PST PST
ひそひそ
J'AI COMPRIS !!!
ELLE EST CHARGÉE DE TIRER.
LES PREMIÈRES ! VENEZ TIRER PAR ORDRE DE CLASSE.
HIGUCHI-SENPAI...
TU PEUX VENIR ?
SERRE-MOI LA MAIN, S'IL TE PLAIT !
CELLE AVEC LAQUELLE TU AS TIRÉ LA BOULE ROUGE !

HEIN ? JE N'EN AI PAS ENVIE.
TU NE CHERCHES QUAND MÊME PAS À FLIRTER PENDANT LA FÊTE DU SPORT ?
JE NE TE DONNERAI PAS MON POUVOIR ROUGE !
OUA'S ! OUA'S !
OUAIS ! C'EST VRAI ! MIZUKAWA NE SERA PAS DANS LA MÊME ÉQUIPE QUE SA PETITE AMIE !
...
LA CLASSE 1...
TU NE SERAIS PAS LA PETITE AMIE DE MIZUKAWA ?
Professeur en charge de l'organisation de la fête du sport.
Si...

C'EST INTOLÉRABLE QU'UN ÉLÈVE QUI PASSE LES CONCOURS AIT UNE PETITE AMIE !!
VOUS DEVEZ ABSOLUMENT ÊTRE DANS DES ÉQUIPES SÉPARÉES !
Ouais ! C'est vrai ça ! Vous auriez trop de chance !
HIHI HIHI
OH ! C'EST TROP GÊNANT !!!
HIHI HIHI HIHI
Ne tire pas le rouge !
Ouais !
SI C'EST ÇA, ON VA TIRER LE ROUGE COÛTE QUE COÛTE.
"ON" VA TIRER ?

OH ! C'EST LE ROUGE.
ちっきしょ
ZUT !
LA CLASSE 1 FAIT PARTIE DE L'ÉQUIPE ROUGE !
PEUT-ÊTRE QUE...
... SENPAI EST AUSSI UN PEU MAGICIEN ?
On est avec Higuchi-senpai ?
C'est pas mal ça !
Merci !!
VAS-Y ! VAS-Y !
BOM
Fujisawa 12:19
Karakida 12:21

TIENS ! TU PRENDS CETTE LIGNE, SERINA ?
NON, JE SUIS VENUE SUR LE QUAI POUR ACCOMPAGNER MON AMIE.
BON-JOUR.
JE TE LAISSE ! À PLUS !
C'EST BIEN !
Toc Toc
?
C'EST ELLE, LA COPINE QUE TU AIDES POUR TROUVER L'AMOUR ?
Sortie
京王井の頭線
Ligne Keio Inokashira
MAIS COMMENT L'AS-TU DEVINÉ ?

SURTOUT, NE LE RÉPÈTE À PERSONNE !!
C'EST PLUTÔT À TOI DE FAIRE ATTENTION.
MAEZONO NE S'EN EST PAS APERÇU PARCE QU'IL N'EST PAS FUTÉ.
LE TRAIN SUPER EXPRESS EN DIRECTION DE FUJISAWA VA PARTIR.
Direction Katase Enoshima
superexpress Fujisawa 12:19
express Karakida 12:21

ATTENTION À LA FERMETURE DES PORTES...

PSHHHHT
HEIN ?!
SENPAI ?! QU'EST-CE QUI SE PASSE ?!

ガタン TADAM
ゴトン TADOUM
TADAM ガタン TADAM
TADOUM ゴトン
TU VEUX QU'ON AILLE QUELQUE PART ?
DANS TA MAISON ?
MAIS CE TRAIN NE S'ARRÊTE PAS CHEZ TOI.
ガタン TADAM
ゴトン TADOUM
Euh...
JE ME DISAIS QUE ÇA FAISAIT LONGTEMPS QU'ON N'AVAIT PAS FAIT UNE SORTIE TOUS LES DEUX.
IL Y A UN ENDROIT OÙ TU AIMERAIS ALLER ?
HEIN ?!
ON FAIT UNE SORTIE ? YOUPI !
EH BIEN...
ガタン TADAM
ゴトン TADOUM
...
TANT QU'À FAIRE...
ÇA TE DIT D'ALLER JUSQU'AU TERMINUS ?
C'EST OÙ ?
ガタン ゴトン TADAM TADOUM
ガタン TADAM

ENOSHIM
LA MER...
WAOUUUH !!

C'EST LA MER !!
ON DOIT COURIR !
Vers la mer.
CALME-TOI.
JE SUIS TROP CONTENTE !
J'AI TOUJOURS VOULU VENIR EN BORD DE MER EN UNIFORME !
ON VA PRENDRE PLEIN DE PHOTOS !!

...
SPLAASH
C'EST QUOI ?
UNE MOUETTE.
POURQUOI A-T-ELLE DEUX BOUCHES ?!
SPLAASH
TU N'AS QU'À LA DESSINER, SENPAI...
OH ! À BIEN Y REGARDER, ELLE A PLEIN DE PATTES.
BEURK !
IL SUFFIT DE RELIER ÇA POUR FAIRE UN BEC.
AH OUI ?
IL N'Y A RIEN D'ÉTONNANT !
TOI... TOI NON PLUS, TU N'ES PAS SPÉCIALEMENT DOUÉ EN DESSIN, SENPAI !

ザアァ～…
SPLAAASH
Smack !
!!
TON VISAGE ÉTAIT TOUT PRÈS...

JE VOUDRAIS FAIRE LE TRUC DU CADENAS.
ON INSCRIT NOS NOMS DESSUS ET ON SE JURE UN AMOUR ÉTERNEL.
IL Y A UN ENDROIT CONNU POUR ÇA PRÈS D'ICI, NON ?
NON, C'EST TROP GÊNANT.
OH...
MA MONTRE EST CASSÉE.
C'EST L'EAU DE MER.
Il l'a portée pour son examen.
TU PEUX RESTER LÀ POUR LA RÉPARER.
JE VAIS ACHETER DES BOISSONS.
SHORE COFFEE

ALEX IS A DOG
ARGH !
AH... PARDON.

TIENS.
SHORE COFFEE
JE TE L'OFFRE.
HEIN ? NON ! ÇA VA ! JE VAIS LE PAYER !
NON, JE NE PEUX PAS PRENDRE DE L'ARGENT À UNE FILLE DE 16 ANS.
JE TE PRÉPARE LE DEUXIÈME TOUT DE SUITE.
COMMENT FAIRE ? JE SUIS TOMBÉE SUR NAGISA !!
C'EST VRAI QU'ELLE DISAIT QU'ELLE HABITAIT PRÈS DE LA MER !!!
Uuuuh
TU ES VENUE AVEC TON PETIT AMI ?

ÇA NE ME PLAIT PAS...
OUI... TU VEUX QUE JE L'APPELLE ?
NON, JE N'AI RIEN DE SPÉCIAL À LUI DIRE.
TU N'AS MÊME PAS BESOIN DE LUI DIRE QUE TU M'AS VUE.
AH OUI ?
VOUS FAITES UNE SORTIE À SHÔNAN, EN AMOUREUX ET EN UNIFORME ?
OUI...
C'EST CHOUETTE D'ÊTRE LYCÉENS !
ET C'EST LE SEUL MOMENT OÙ VOUS POURREZ FAIRE ÇA !
Marshmallow choco chip cookie ¥300
VIS TON HISTOIRE D'AMOUR À FOND COMME SEULS LES LYCÉENS SAVENT LE FAIRE !
ÇA ÉVITE DE REGRETTER PLUS TARD...
... DE NE PAS AVOIR ÉTÉ PLUS SINCÈRE OU DE NE PAS AVOIR PLUS INSISTÉ EN PLEURANT.

JE N'APPRÉCIE PAS VRAIMENT NAGISA.
MAIS SES PAROLES...
... SONT INSTRUCTIVES.
OH ! C'EST MIGNON !
CE LATTE EST ADORABLE !!
NE TE FORCE PAS À ME FAIRE DES COMPLI-MENTS.
JE NE ME FORCE PAS DU TOUT !
TU ES UN GÉNIE DU LATTE, NAGISA !!

FAIRE PREUVE DE COURAGE EST UNE GÊNE D'UN INSTANT. AIMER EN SILENCE EST LE REGRET DE TOUTE UNE VIE.
C'EST MA PHRASE PRÉFÉRÉE.
TU ES JEUNE, ALORS N'HÉSITE PAS.
PARTAGEZ VOS SENTIMENTS AVEC SINCÉRITÉ.
TOUS MES VOEUX DE BONHEUR !

ヒュウウウ‥
VIUUUUUU

...
TIENS ! SENPAI ?
JE SUIS LÀ, SERINA !
ON VA AILLEURS ?
OÙ ÇA ?
PAR ICI.
UNE PERSONNE DU COIN M'A PARLÉ D'UN ENDROIT.

DES CADENAS D'AMOUR !!
TIENS ! IL Y EN AVAIT ICI ?
YUKA ♡
Je t'aime pour la vie
EN FAIT, LE SPOT LE PLUS CONNU SE TROUVE EN HAUT D'ENOSHIMA.
CE SONT LES GENS DU COIN QUI VIENNENT ICI.
AH OUI ?
TU ACCEPTES DE POSER UN CADENAS D'AMOUR AVEC MOI ?!
BOBOM BOBOM
JE T'AI DIT QUE JE NE VOULAIS PAS.
EN PLUS, JE N'AI PAS DE CADENAS.
YOUPI !
MAIS ON VA ÉCRIRE NOS NOMS LÀ-DESSUS.

SUR TA MONTRE...
... CASSÉE...
CETTE MONTRE S'EST ARRÊTÉE ALORS QU'ON PASSAIT UN BON MOMENT ENSEMBLE.
SE JURER AMOUR POUR L'ÉTERNITÉ, JE TROUVE ÇA EXAGÉRÉ.
MAIS MULTIPLIER ET ACCUMULER LES BONS MOMENTS...

… JE LE SOUHAITE, ÉVIDEMMENT !
On va la voler, non ?
Elle est cassée de toute façon.
SENPAI…
JE SUIS CONTENTE DE T'AVOIR RENCONTRÉ AU LYCÉE.

ÇA NOUS PERMET D'ÊTRE DANS LA MÊME ÉQUIPE POUR LA FÊTE DU SPORT...
... DE VENIR À LA MER SUR UN COUP DE TÊTE...
... EN UNIFORME.
CONTINUONS À FAIRE PLEIN DE CHOSES SYMPAS QUE L'ON NE PEUT RÉALISER QUE MAINTENANT !
ET UN JOUR, QUAND ON SERA UN PEU BLASÉS...
... ON POURRA SE DIRE...
... "C'ÉTAIT MIEUX AVANT"...

DANS CE CAS, JE SERAI SÛREMENT JALOUX DE CELUI QUE J'ÉTAIS AUTREFOIS...
... ET JE FERAI ENCORE PLUS D'EFFORTS POUR TOI, SERINA.
J'AI HÂTE D'Y ÊTRE.
2014.5.10

AVEC TOI, SENPAI...
... L'ÉTERNITE N'EST PEUT-ÊTRE PAS IMPOSSIBLE.
JE COMMENCE VRAIMENT À LE PENSER.

Ligne Odakyû
GARE SHIMOKITAZAWA
CAFE RESTAU
TIENS !
VOUS ÊTES ENCORE LÀ ?
HÉ ! VOUS FAITES QUOI, TOUS LES DEUX ?
ON EST VENUS SE POSER.
ON EST ALLÉS EN BORD DE MER !
On a croisé Inoue sur le quai et les autres sont arrivés ensuite.
Ah ouais ?
SÉRIEUX ? C'ÉTAIT BIEN ?
OUI !
J'AI CROISÉ NAGISA.
HEIN ?
QUOI ?!
NAGISA M'A DIT DE BELLES PAROLES.
Je les ai notées.
Fais voir.
MIZUKAWA ET SERINA, VENEZ AVEC NOUS !

ON JOUE AU "DOIGT POINTÉ" !!
ON POSE UNE QUESTION CHACUN NOTRE TOUR.
SUJET SUIVANT...
PARMI NOUS...
... QUI EST LE PLUS VICIEUX ?
TROIS, DEUX, UN !!
MAEZONO EST LE GAGNANT AVEC QUATRE VOIX !
POURQUOI MOI ?
C'EST ÉVIDENT ! PLUS ON A L'AIR D'EN AVOIR RIEN À FAIRE, PLUS ON EST CONCERNÉ !
WINNER-!
ALORS, VOUS ÊTES À FOND DANS LE JEU ?
BOF...
C'EST JUSTE QU'ON N'A RIEN À FAIRE.
SI ON DEVAIT RESTER SUR UNE ÎLE DÉSERTE AVEC UNE SEULE PERSONNE...
... CE SERAIT FORCÉMENT AVEC UNE PERSONNE DU SEXE OPPOSÉ ! POUR LA DESCENDANCE !
LA FERME, LE VICIEUX !

YABU, TU AS ZÉRO VOIX !
POUR-QUOI ?
TU NE DOIS PAS DONNER L'IMPRESSION D'ÊTRE TRÈS UTILE.
EN-SUITE...
PARMI NOUS...
SI ON DEVAIT SORTIR AVEC QUELQU'UN, CE SERAIT AVEC QUI ?
C'EST JUSTE UNE SUPPOSITION, NON ?
NON, POUR DE VRAI !
VOUS ÊTES PRÊTS ?
ATTENDS ! ATTENDS !
C'EST QUOI ? "FAIRE PREUVE DE COURAGE EST UNE GÊNE D'UN INSTANT. AIMER EN SILENCE EST LE REGRET DE TOUTE UNE VIE."
TROIS... DEUX...
UN !!

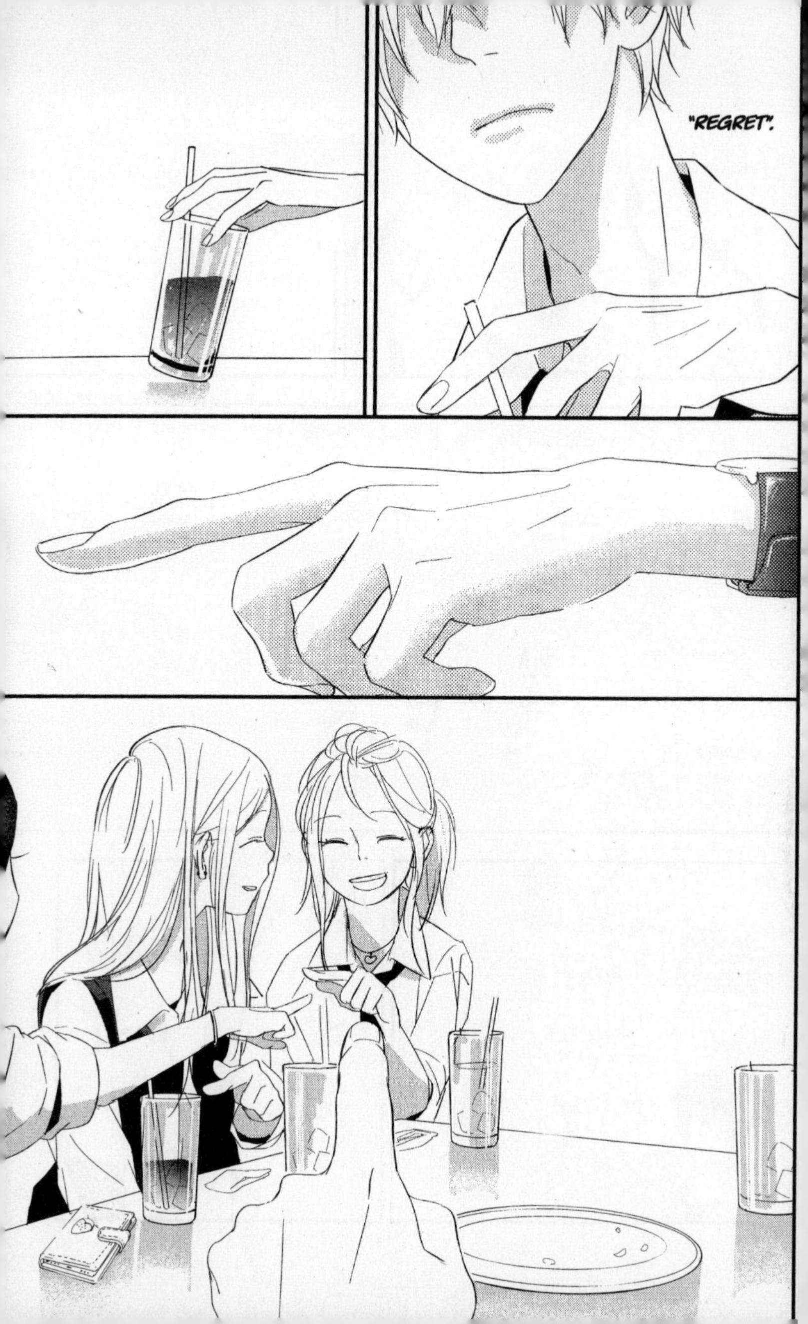
"REGRET".

HÉ ! VOUS TRICHEZ LÀ !
BAH... JE N'AI ENVIE DE SORTIR AVEC PERSONNE.
INOUE, POURQUOI AS-TU CHOISI YUI ?
POURQUOI ? POURQUOI ?
HEIN ? BAH... ELLE EST JOLIE, NON ?
BLA キャッ
BLA キャッ
BLA キャッ
BLA キャッ
HEIN ?
QUOIiii ?
GRAAA ギャー
GRAAA ギャー
ÇA VEUT DIRE QUOI ?
TU N'AS POINTÉ PERSONNE, MAEZONO.
CE NE SONT PAS DES CHOSES À EXPRIMER EN PUBLIC.

T'ES SÉRIEUX.
HAHA HAHA HAHA
Elle n'a pas vu.
Elle n'a pas vu.
Elle n'a pas vu.

Il n'a pas vu.
Il n'a pas vu.
Il n'a pas vu.
Il n'a pas vu.
Il a vu.
À suivre dans le volume 5 !

Bonus 1 : 18 ans et 16 ans

Bonus 2 : l'anniversaire du meilleur ami

Bonus 3 : transport

Bonus 4 : divinité

Il a deviné son poids.

Je vous remercie d'avoir lu le tome 4.

Serina
Mizukawa-senpai
Les couples amoureux profitent ensemble de la mode ! ♡
BOBOM BOBOM
Collection rendez-vous amoureux
Pour passer une soirée ensemble durant
les vacances d'été
La première nuit en amoureux sans uniforme chez senpai !!
Que va-t-il se passer lors de ce moment en tête à tête ?!
Senpai's point
Senpai, qui craint la chaleur, porte un tee-shirt simple et plein de fraîcheur. Il ne peut pas lâcher l'éventail qu'on lui a donné à la gare.
Serina's point
Son grand cabas est rempli d'accessoires pour aller dormir chez senpai. L'été, elle porte un pantalon large et léger !
Pour cette nuit particulière ♡, la tenue d'intérieur de Serina n'est pas laissée au hasard !
Serina's point
Une tenue d'intérieurféminine mais décontractée, qui ne fait pas trop romantique. ♡ Son petit ami est troublé ? ♪
Tenues coordonnées pour une sortie au parc d'attractions !
Pour la date anniversaire de la fondation du lycée, une sortie en amoureux au parc d'attractions ! ♡
Sans se concerter, ils portent tous deux un blouson MA-1 !!
Couple's point
Une tenue sportive pour pouvoir bouger toute la journée !

Pour le White day, une transformation sexy ?!

De la sortie classique au cinéma à l'infiltration dans la maison de senpai ?!

Serina's point

Une tenue classique et mignonne : pull large et jupe longue aux motifs fleuris... En *off*, la jupe est ôtée et le pull se transforme en robe courte pour un côté plus sexy. ♡

Le jour de Noël

Pour une sortie de noël scintillante, une atmosphère un peu plus adulte. ♡

Serina's point

Un grand pull et une longue robe pour paraître plus adulte et être raccord avec son petit ami plus âgé ! Une mise en scène pour un rendez-vous particulier qui restera gravé dans les mémoires !

Pour la prière du Jour de l'an, une tenue adorable pour ne pas avoir froid !

Si je peux le voir ne serait-ce qu'un peu, je veux rester coquette !

Serina's point

Même si elle porte un jean *casual*, le chignon bun sur la tête féminise le style ! ♡ Ce décalage plaît beaucoup aux garçons !

Senpai's point

Ne portant qu'une seule couleur, il a l'air plus adulte ! Serina va tomber encore plus amoureuse de lui ! ♡

Irrésistible

Dans le prochain volume
Cela va bientôt faire un an qu'ils sortent ensemble.
ALORS, ÇA TE DIT QU'ON SORTE ENSEMBLE ?
... ON SE MOQUE DES DIX PREMIÈRES MINUTES, SI CELA MARQUE LE DÉBUT D'UNE RELATION QUI VA DURER 70 ANS, NON ?
Les dix minutes du début se sont transformées en une année.
CETTE MONTRE S'EST ARRÊTÉE ALORS QU'ON PASSAIT UN BON MOMENT ENSEMBLE.
MAIS MULTIPLIER ET ACCUMULER LES BONS MOMENTS...
... JE LE SOUHAITE, ÉVIDEMMENT !
Et c'est dans cette ambiance...
... love maximum qu'arrive le grand événement du lycée : la fête du sport !!

Mizukawa et Serina se retrouvent dans la même équipe !

Encore plus...

Les moments heureux augmentent ! C'est ce qu'ils croyaient mais... ?!

“Quelque chose” va se passer à la fête du sport ?

Irrésistible

Volume 5

À suivre dans le volume 5 !

杉作 Sugisaku
kuro
un cœur
de chat 1
DÉCOUVREZ VITE
LE SITE KANA !
LES MANGAS, LES ANIMES, ET TOUTES
LES ACTUALITÉS SUR UN MÊME SITE !
NOS MANGAS
Les dernières sorties
PLANNING MANGAS
13 février 2015
Hell's Kitchen
Tome 8
6,85€
27 février 2015
Kuro un coeur de chat
Tome 1
12,70€
27 février 2015
Gamaran
Tome 14
6,85€
NOS ANIMES
Les dernières sorties
PLANNING ANIMES
28 janvier 2015
One Piece L'Île des Hommes-Poissons 3
21 janvier 2015
Hunter X Hunter collector volume 5
10 décembre 2014
One Piece Episode du Merry – Edition Limitée combo Blu Ray DVD
QUOI DE NEUF !
WWW.KANA.FR

le Sablier

L'AMOUR EST À LA FOIS PRÉCIEUX ET FUGACE !

Suite au divorce de ses parents, An doit quitter Tokyo pour la campagne japonaise. Quel bouleversement ! Tout cela n'est en effet pas facile à vivre… Heureusement que Daigo, son nouveau voisin, l'aide à accepter sa nouvelle vie ! Mais An n'est pas au bout de ses surprises ! Un shojo manga profond et très touchant !

LE SABLIER
Shojo Kana
série finie en 10 tomes

Ce manga est publié dans son sens
de lecture originale, de droite à gauche.

Ici, vous êtes donc à la fin.

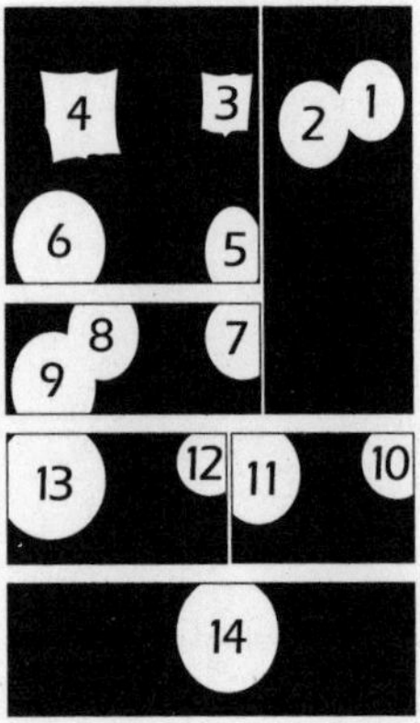

MAIRIMASHITA, SENPAI

Pour la traduction française:
KANA (DARGAUD-LOMBARD s.a.) 2019
7, avenue P-H Spaak - 1060 Bruxelles

Achevé d'imprimer en mars 2019 • Dépôt légal : avril 2019
d/2019/0086/112 • ISBN 978-2-5050-7145-7

Traduit et adapté en français par Misato Raillard
Conception graphique : Cynthia Thiéry
Adaptation graphique : Eric Montésinos

Imprimé en Italie par Grafica Veneta Spa,
Via Malcanton 2, 35010 Trebaseleghe (Pd)

PEFC™
PEFC/18-31-226

Certifié PEFC

Ce produit est issu
de forêts gérées
durablement et de
sources contrôlées.

www.pefc.be